ささやきの島

ささやきの島

FRANCES HARDINGE
Illustrated by
Emily Gravett
ISLAND of WHISPERS

フランシス・ハーディング
エミリー・グラヴェット=絵
児玉敦子=訳

東京創元社

世界じゅうを旅してきた冒険家で、
自分の島からわたしの島へとわたってきてくれたマックスへ。
ストーンヘンジの近くでともにミンスパイを食べ、
物語について語りあいましたね……

目　次

青い靴 9

灰色の雌馬 23

真っ黒な走り書き 39

ほの白い門 55

銀の砂 71

藍の終わり、白の永遠 87

緑の草地 107

青い靴

　領主の年若い娘が亡くなった翌朝、奥方が渡し守のもとを訪れた。涙に濡れた頬をおしろいで隠しながらも、まだ赤い目をしたまま、奥方は娘の靴をさしだした。

「あの子をよろしくお願いします」奥方はそれだけいうのがやっとだった。のこされた家族は、たいていこんな言葉を口にする。マイロの父親は、いつもおなじ返事をする。

「ぶじにお送りします」渡し守は口数は少ないが、人々はみな、この人なら信用できると感じていた。白髪まじりの年寄りにすぎないが、その目には冬の夜空のような静けさと厳しいまでの落ちつきをたたえている。奥方はほほえもうと、話をしようとしていたが、どちらもできずに立ち去った。

　靴は青くてきゃしゃで、真鍮の留め金がついていて、つま先がすりへっていた。

　十四歳か。マイロは思った。ぼくとおなじだ。マイロは、女の子の指が靴ひもを引っぱってしめるところや、革に日ごとにしわ

が増えていくところを思いうかべた。ほっそりした足が、いきおいこんで歩を進めるところも。

「その子はここにいるの？」思わずきいた。

「むかってきている」父は窓の外をじっと見つめながら答えた。

　マイロは父のそばに行き、灰色の朝の光に目をこらした。渡し守の家までは二本の道がのびている。片方の道には、生きる者が恐れることなく歩けるように、白い砂や塩や印が刻まれた石がまかれている。この道を、奥方がショールに顔をうずめて足早に去っていく姿が見えた。もう一本の道には灰色の石と灰がまかれ、夜中の雨で濡れている。マイロにはまだ、灰色の小道を歩く人はひとりも見えなかったが、父がまちがったことがないのはわかっていた。三十五年間の渡し守としての経験によって、父の死者に対する感覚は研ぎすまされている。

　まばたきをしてからもう一度目をあけると、マイロにもなにか見えたような気がした。もしかしたら、気のせいかもしれない。暗い色の衣を引きずって風にあおられる、ほっそりした人影。灰色の小道に白く浮かびあがる、むきだしの足……

「見るな」父はそういって、よろい戸を閉めた。

「これも、ほかのといっしょにしておこうか？」兄のレイフが淡々と靴ひもを手にとったのを見て、マイロは顔をしかめた。

「ぼくにやらせて！」マイロは自分でいってから、びっくりした。

「だめだ」父の声音には、有無をいわせぬ静けさと重々しさがあった。

　父のいいたいことはわかっている。何度もじゅうぶんすぎるくらい話しあってきたことだ。

　レイフが年上だからというだけではない。あるとき父は、いかにも父らしいぶっきらぼうで正直そうな口調でいった。おまえは渡し守にはむいていない。渡し守の助手にもむりだ。レイフは冷静でいられるが、おまえはちがう。おまえがつねに警戒していられるとは思えないのだ。

　マイロは、いつものいらだちとふがいない思いに揺さぶられていた。父のいうとおり、死者をわたしてやるときには、警戒を解いてはならない。死者が近くにいるときには、用心が必要だが、意識しすぎても危険だ。死者についてあれこれ思いをめぐらせたり、彼らはどんな気持ちでいるのだろうかと想像したりすると、自分の心が開いてしまう。彼らの声が聞こえてきて、すきまがうまり、その言葉がわかるようになる。好奇心に駆られて一度でも彼らに目をむけたが最後、命とりになるかもしれないのだ……

　マイロにもそれはよくわかっていたが、どうすることもできなかった。死者の近くにいると、心が渦を巻くように動きだし、どうしてもあれこれ考えたり想像したり思いうかべたりしてしまう。

12

レイフは背が高くてたくましく、マイロとちがって、あまり考えすぎないたちだった。兄が生まれたのは、晴れておだやかな春の日だったから、兄にとっては毎日がおだやかなのかもしれない。けんかをしているときでさえ、腹を立てることはないように見える。兄さんがもし馬だったら、いい軍馬になっただろう。ときどきマイロは考える。四方八方で大砲の音がとどろいていても、おだやかであわてることなくいられそうだ。

　レイフが靴をもっていくとき、マイロはなにもいわず、そのまま三十分ほど黙りこくっていた。

「考えるのはやめるんだ」父がいった。

　けれどもマイロは、死んだ少女のことを考えずにはいられなかった。少女が、自分の靴に引きよせられて抗えず、はだしでレイフのあとを歩いていく姿が目に浮かぶ。あの子はまだ冷たさを感じるのだろうか。

　死者がマーランクの島を離れるのをとどめているのは、薄い霧のせいだろうといわれている。世界じゅうのほかの土地では、人は蝶が繭を離れるように体を抜けだし、魂だけがひそやかに旅立っていく。マーランクでは、そのままとどまりつづけるのだ。

生きている者ですら、霧の声を聞かずにはいられないときがある。音のようなものが集まって、かすかに聞こえてくるのだ。けれども、生きている者にはほかにいくつも耳を傾けるべきものがある。静かな海鳴りのような自身の息づかい、あたたかな太鼓の音にも似た胸の鼓動。生きている体のなかでは、小さなカチリという音や川が流れるような無数の音がする。死者は、そんな音に気をとられることがない。霧が語りかけてくるたびに耳を傾けてしまうのだろう。そして、この地に長くとどまりすぎて、旅立つべきときを逃すのだ。

　死が訪れたあとは、できるだけすみやかに死者の靴を渡し守に届けることがたいせつだ。そうしなければ、じきに持ち主がとりにきて、靴が消える。死者が靴を手に入れたが最後、彼らが島をうろつきまわるのをとめるすべはなくなる。

　死者は島じゅうをさまようが、気配はあっても姿を見られることはめったにない。畑を踏みつけて新しい道をつくり、川岸の泥を掘りかえす。垣根のあいだをむりやり通り抜けて、杭をななめに倒す。求めているものを見つけられずに、ひたすら歩きつづけるうちに、異常なほどたくさんの道ができて交差しはじめる。死者が歩いたところの草はしだいに茶色くなり、穀物はしおれ、果実はしぼみ、魚は死んでいく。

　死者の姿が、死をもたらすこともある。運悪く、死者とまっこうから出くわしてその目をのぞきこんでしまった者は、病に倒れるか、すぐに死を迎える。

さまよう死者を助けて、死の先の世界へと旅立てる〈壊れた塔の島〉まで連れていくのが、渡し守の役目だ。それだけのことだが、なくてはならない仕事だった。そして、だれもがわかっていて口にしないのは、マイロの父がいつまでも渡し守をつづけられるわけではないということだ。最近の父は息を切らすことが増え、前にもまして言葉少なになり、若かったころにはありえないほど背中が曲がって、背丈まで縮んでしまった。

　だれもがみな、そのときが来たら、レイフがあとを継ぐだろうと考えている。マイロはそもそも自分が渡し守になりたかったのかどうかもわからないが、だいじなときになんの助けにもなれないのがいやでたまらなかった。家族のなかで自分だけが弱くて、役目をはたせない役立たずのような気がしてくる。

　夕方、沈みかけの日の光が燻製みたいな鈍い色になったころ、領主自身が訪ねてきて、娘の靴を返してほしいとうったえた。家族を失った者はときとして、こういうことをいいだす。まだ別れを告げる心の準備ができないのだ。ただ、こういってくるのは、たいていは子どもか、ひどくとり乱した若い恋人で、りっぱな衣をまとい、金の鎖やアザラシ革の手袋をつけたマーランクの領主がやってくることはない。

　マイロは窓ごしに、父と兄が領主を出むかえにいったのをながめていた。

「まちがいがあったのだ」領主は、顔が痛くなりそうなひきつった笑みを浮かべていった。「妻がかんちがいをした。娘は死んでなどいない、ひどい病気だっただけだ。娘の靴を返してもらいたい、あの子のお気に入りの靴なのだ」

「まちがいではありません」マイロの父は冷静に答えた。父は残酷な人ではないが、いつでも真実を前にしてひるむことがない。「お嬢さんは今朝、こちらにやってきました。霧のなかをはだしで。お嬢さんはもう、旅立ちの準備をしているのですよ」

「娘がいつ旅立つかを決めるのはわたしだ」領主はいった。「わたしのもとには何人も医師がいる……新たな技をもつ者、娘を助けてくれる者が」

「魔術師ですか？」マイロの父ははじめて顔をしかめた。「お嬢さんの魂を、闇の行いをする者の約束にゆだねるのですか？」

レイフはするりと前に進みでて、父をかばうようにかたわらに立った。マイロはためらった。自分も外に出ていってふたりに加わり、強いところを見せたほうがいいのだろうか。領主は若くもなければ力持ちでもないが、背後にはお仕着せを着た大きな四人の男が、腰に剣をつけて立っている。

「靴をわたしてもらおう」領主はいった。「われわれはできることをやってみる。もしうまくいかなかったら、数日のうちにそなたに返す」

「だめです」渡し守はいった。「今夜、船を出します。ちょうどの月がのぼり、海もおだやかです。五人の霊(れい)が待っているんですよ。冬になる前の最後の渡しになるかもしれません」

「それは認められぬ」領主は瞳(ひとみ)に苦しげな光をたたえていった。

柄から剣が引きぬかれたのを見て、マイロは目をみはった。男たちがレイフと渡し守に襲いかかろうとしている。マイロは必死に台所を見まわした。武器になるのはどれだ？　ほうきをひっつかんだとき、外から悲鳴が聞こえた。

　窓のむこうで、三人の男がレイフを地面に組みふせていた。四人めの男は、うつぶせに倒れて動かない渡し守の上に立ちはだかっている。

「おれはさわってもいないぞ！」その男がいいわけをしている。「こいつがなぐりかかってきて、ねらいをはずして倒れて……」

「しっかりしろ！」領主があわてていう。「家のなかをさがして、娘の靴を見つけるのだ！　のこされた息子がもうひとりいたのではないか？　そいつもつかまえなくてはならぬ！」

のこされた息子。

のこされた。

　そのひとことで、マイロはさとった。父は意識を失っているのではない。死んだのだ。手にしたほうきが重く無意味に感じられ、てのひらが触れている柄が汗で滑る。

「弟には手を出すな！」組みしかれたレイフがしわがれた声でいう。「まだ子どもで、なにも知らないんだ！　ぼくが靴のあるところに案内する！」

男たちはレイフを引っぱりあげて立たせ、背中で両手を縛った。

　だめだ！　マイロは兄にやめろと叫びたかった。けれども、レイフの物静かで強情そうな顔を見て口をつぐんだ。わたさないつもりなんだな。マイロはふいに確信した。兄さんは、あの靴をぜったいにわたさないつもりなんだ。

　思ったとおり、レイフは領主と男たちをちがった方向に案内しはじめた。一行が一刻も早く立ち去りたがっている理由は、マイロにも想像がついた。いまにも渡し守の体から、新しい霊が飛びだしてきて仕返しをしてくるかもしれないからだ。

　一行が夕暮れどきの霧のなかに姿を消してから、ようやくマイロは外に出て、地面に横たわっている父に毛布をかけてやった。考えようとしても、意識が冷たく揺らいでいるような感じがする。

　首や背骨がぴくぴくする。振りかえらなくても、背後になにか立っているのがわかる。それは話している。まちがいない、話している。音をとらえることはできないが、聞こえてはこない言葉が、マイロの脳内（のうない）に不気味なしみをのこしていく。目覚めたあとの夢の名残みたいに。

　そのなにかから逃げだしたかったが、もし逃げたら、どうなる？　そのなにかはどうなるのか？　最後の旅に出なければならない、ほかの死者たちみんなも。

21

もう渡し守はいない。レイフはとらわれの身だ。ぼくしかいないんだ。

　領主がごまかされているのも、そう長くはないだろう。道がじょじょに細くなって浜で行きどまりになったら、領主もレイフが嘘をついていることに気づき、家までもどってくるはずだ。マイロは震える手で、父のブーツを脱がせはじめた。こんなにくたびれていたなんて、どれだけ修繕されていたかなんて、いままでまったく気づかなかった。

　人は靴のようなものだ。ときおり、縫い目が裂けたり、靴底がはずれたり、予測がつかない。

灰色の雌馬(めうま)

　割れたランタンを手に、マイロは夕もやのなかを急いだ。背中には父のブーツをしょっている。視界がぼやけるたびに、袖(そで)で目をぬぐう。

　背後のやぶで急に大きな音がしたが、マイロは振りかえらなかった。自分が運んでいるブーツを、だれが追ってくるかはわかっている。

　なにかするべきだったんだ。マイロは走りながら思った。レイフが外に出ていったときに、自分も助けにいけばよかった。でも、相手は数も多く剣をもっていたから、ほうきだけで威勢(いせい)よくぶつかっていったところで、なにもできなかっただろう。

マイロはすぐに、島の港とたったひとつの町につづく大きな通りを離れた。かわりに、やぶが生いしげり、岩でごつごつした荒れ野を進み、草の上にうっすらとうねるしわのような道をたどっていった。霧のなかでも道はわかっていたので、岩をよじのぼり、水路を飛びこえた。

　死者の靴を隠してある場所への道は、家族以外だれも知らない。マイロは父と何度か行ったことがあったが、そのうちにもう来てはならないと禁じられた。

　あそこに行くと、おまえはおびえた小鹿のようになる。父はいった。危ないものはないかと、あたりを見まわしてばかりいる。あれでは、ずっと顔を伏せていられるとは思えない。

　小さな岩山の頂では、とげのある低木が古いたわしのようにさかだっていた。ふだんはだれもそんなことは気にしない。集めにくるような木の実もキノコもはえていないから、だれもここの木がどれだけ枯れているか気づきもしないのだ。まわりの木々にある大きなもじゃもじゃのミヤマガラスの巣も、使われなくなって久しく、小枝にかびがはえて崩れかけている。

　マイロは深いやぶのあいだに隠れていたすきまをすり抜け、背中の荷物にとげがひっかかるのを感じながら、茂みのなかの空き地に出た。

「見るな」レイフならいつもの淡々とした口調でマイロにこういっただろう。レイフにとっては、物事はつねに単純だ。腹がへっているのなら、食え。雨が降っているのなら、コートを着ろ。死者にひっそりとはさまれているのを感じたら、見るな。

マイロはじっと下を見ていたが、物いわぬ者たちに見つめられているのを感じた。五人はすでに空き地で待っていた。背後にはあいかわらず、家からついてきた人影がいる。

しゃがんで乾いたシダをかきわけると、四角い穴があらわれた。そこから箱を引っぱりだし、蓋をあけて中身をたしかめる。

くたびれてはいるが、明るい手描きの絵がついた女物の木靴。古びて泥の色になったがんじょうそうな長靴。修繕が重ねられ、ていねいに磨きあげられた黒い靴。ひもにつないだドングリの実ふたつは、靴をもっていなかった人が、かわりに渡し守にあずけようと首にかけていたものだ。

真鍮の留め金がついていて、つま先がすりへっている、女の子のきゃしゃな青い靴。

マイロがそれらをすべて背負い袋に入れているあいだ、その一挙手一投足をまばたきもせずに見つめているまなざしを感じた。

腐った茶色い葉のあいだに青白く、若いむきだしの足がちらりと見えた気がした。その光景がマイロの気をひき、こちらを見ろとそそのかしてくる。

　マイロは見なかった。

　父がいっていたとおり、旅立ちにうってつけの夜だった。のぼってきたのはバターを思わせる明るい色の、ほぼまん丸の月で、タバコのしみのようにうっすらともやがかかっている。風はやさしく、海は凪いでいる。岬で蒸気が眠たげに渦を巻き、洞窟にたまっていく。

　もやをすかして、べつの明かりが見えた。遠くのほうで、ランタンの火がホタルの光のように集まって、海岸の道を縫うように駆けてくる。

「なにか見えたか？」男の大きな声がした。

「なにも！」べつの一団から答える声が聞こえた。「もっと北の洞窟を見てみよう」

　みんな、ぼくをさがしているのか？　マイロはぎょっとして震えあがった。この霧のなかで、どうやって見つけるつもりだ？　ちがう、うちの船をさがしてるんだ。〈夕べの雌馬〉号を。

もし渡し守の船を、領主側に占領されたり沈められたりしたら、もう〈壊れた塔の島〉には旅立てなくなる。領主が娘の靴をさがしだし、魔術師が娘に闇のまじないをかけることだろう。

　けれども、マイロはすでに船にむかっている。領主の家来とちがって、船がある場所を知っているからだ。

　崖の上を急いで進み、ジグザグの小道をころがるようにくだり、暗く狭い入り江へとおりていった。〈夕べの雌馬〉号がまだあるはずの場所にあり、壊れてもいなければ沈められてもいないのを見て、マイロはほっとした。

　ランタンの覆いをとると、明かりが船首像を照らしだした。灰色の馬の顔で、目はぎょろりとしているが、口は閉じていて、歯は見えていない。

　悪夢ではない。マイロの父は何度もいっていた。だが、白昼夢でもない。眠っているようで、半分目覚めているようで。たそがれを滑りゆく者。薄暗がりのなか、世界と世界の縫い目を航行する旅人なのだ、と。

　マイロは帆柱が一本の小さな船によじのぼり、注意深く靴を船倉にしまうと、大急ぎで帆をつけて、出帆の準備を整えた。〈夕べの雌馬〉号のことなら、どこもかしこも知りつくしている。これまでに何度もそうじをし、船体を磨き、ひびをふさいだり、ペンキを塗りなおしたりしてきた。いい風の吹くおだやかな日に、レイフとふたりで船を走らせたこともある。ただ、たったひとり

29

で、あるいは夜、あるいは乗客がいるときにあやつったことはない。いまは乗客がいて、埠頭から見張っているのがわかる。なんで乗りこんでこないんだ？　ああ。こっちから呼ばなけりゃいけないのか？　マイロは呼びかけようと口を開いた。

　頭巾だ！　すぐうしろにいる人影がつぶやいた。声にならない声が、マイロの脳内にまっすぐ飛びこんできた。

　なんてことだ！　うっかり頭巾のことを忘れていた。

「渡しのお代はいただきません！」マイロは遅ればせながら口上を思いだし、あわててまくしたてた。「ですが、旅をともにされるかたには頭巾をかぶっていただきます！」

　渡り板に近い船の右側に、くたびれて色あせた麻布の頭巾が十枚、ぶらさがっている。乗客の命のないまなざしに襲われて死ぬことがないようにという、渡し守のせいいっぱいの防御だった。

　じっと甲板を見つめていると、不快な考えがよぎるように死者が通りすぎていくのが感じられた。一分たってから、勇気を出してふたたび頭巾に目をやると、五本のかけ釘から頭巾が消えていた。

　五枚？　まだひとり乗っていない霊がいる。だれだ？

　死者を見たり、その声を聞いたりするのにはこつがいる。眠りに落ちるときとおなじように、聞くでもなく見るでもなく、考え

るでもなく。それらしい灰色の世界に意識のはしを滑りこませる
と、ときとして感じられることがあるのだ。

　マイロは視界のすみで、ぼんやりと揺らめくものをとらえた。
舳先の近くに見えるのは年老いた女の灰色の影で、短くなったろ
うそくの煙に似ている。枯れ木のようにふらふらと傾いている背
の高い人影。帆の陰の、ぴりぴりした怒りの空間。ぼんやりと波
を打つぼろ布。全員が茶色の袋のような頭巾ですっぽりと頭を覆
っている。そして、マイロの背後には、なじみがあってないよう
なものが、家からずっとあとをついてきている。

　石づくりの埠頭の暗がりに、ぽつんとひとり立っている影が見
える。色白の足をむきだしにした、ほっそりした人影だ。

「きみも乗らないと！」マイロはささやきかけた。「もう出発し
ないとならないんだ！」

　いや。半分しか見えない影が答える。マイロの頭のなかに若い
少女の声が響き、そのひとことが傷のようにうずいた。

　この死んだ少女は父親の計画をどのくらい知っているのだろう、
とマイロははじめて考えた。父親のおかかえ魔術師が自分を生き
かえらせてくれると期待して、時間かせぎをしているのだろう
か？

31

「気の毒だけど」マイロはばからしいと思いながら、闇にむかって必死に語りかけた。「お父さんがなにをしようと、きみを生きかえらせることはできないよ。ここにとどまっていたら、きみは暗い影になる。さまよい歩いて自分がわからなくなり、行く先々に死をふりまくようになる。きみはそうなりたいの？」

　少女が答える。音にならない言葉がムクドリの群れのように、混乱して麻痺したマイロの脳内を流れていく。なにをいっているんだ？　いいかえしているのか？

「あそこに船が！」上のほうで大きな声がした。マイロが顔をあげると、いくつも連なったランタンの明かりが見え、ぼんやりと照らしだされた顔また顔がこちらを見おろしていた。「男の子もいるぞ！」

　マイロは急いでもやい綱をほどいた。

「きみが乗っても乗らなくても、出発するぞ！」マイロは鋭い声で、半分しか見えない人影にささやいた。恐ろしくて、もうがまんも限界だった。「それに、ぼくはきみの靴をもっている」

　なにかが怒ったようにいきおいよく渡り板を駆けあがり、マイロのわきをすり抜けていった。

　領主の家来が崖の上から曲がりくねった小道をころがるようにおりてきたときには、〈夕べの雌馬〉号は帆に風をはらませて湾を滑りだしていた。

33

ひとりで船をあやつるのは骨の折れる作業で、しかも夜の船は、いつもとはちがう動きかたをしているようだった。〈夕べの雌馬〉号は船首から船尾まで、こってりと固まったクリームのような色の帆が張られている。

　海岸から叫び声が聞こえ、ランタンの明るい光が岬にそって走ってくるのが見えたので、マイロはあわてふためいて、手をひりひりさせながらロープをあやつった。船が不満そうに傾き、帆が文句をいうようにきしんだ音をたてる。

「ごめん」マイロは小声でささやいた。船までもが、マイロひとりの手にゆだねられていやがっているみたいだ。動物のように、慣れない手にひるんでいるさまが目に浮かぶ。本物の灰色の馬よろしく棒立ちになり、ぼくを海に放りだすんじゃないだろうか。

　マイロはすきを見て、船の長い三角旗をかかげた。さまざまな布を寄せあつめた黒っぽい旗だ。すりきれたショール、革ひも、サテンのリボン、分厚いフェルトなどが縫いあわされている。昼の光のもとではいつも、旗は重すぎて翻らず、だらりと垂れて帆柱にあたっていた。けれども、月明かりのもと、甲板に死者の足が十二本もあるいまは、生き物のように空中で身をよじっている。風にはむかって、旗だけが反対の方向にうねっているのだ。

　マイロは、旗が指ししめす方向に気がついて、船の針路を調節した。〈壊れた塔の島〉はいつもおなじ場所にあるわけではない。だが、旗が導いてくれるだろう。

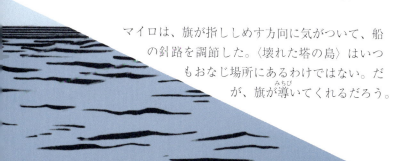

マーランクはごつごつした島だ。まわりをとり囲む浅瀬は危険で、黒い岩がつきだし、水が白くさかまいている。こうした岩のほとんどは、海水によってアザラシのようにつるつるに磨かれていて、頭巾をかぶり秘密の使命を帯びて島を離れる人のようにも見える。いちばん大きな岩には灯台が建ち、訪れる船を遠ざけていた。

　高い窓から目をこらしていた灯台守の老人は、先がほっそりしたクリーム色の帆が、霧のなかを注意深く進んでくるのを見つけた。近づいてくると、どの船かがわかった。

「おい、そこの！」灯台守は窓から呼びかけた。「この寒い晩に、そこにいるのは渡し守かね？」

　間があいた。灯台守は一瞬、迷信でいわれている霧の亡霊にうっかり声をかけてしまったのかと心配になった。

「冬になる前に壊れた塔に行ける最後の晩なんだ！」返ってきたのは、灯台守が思っていたよりずっと若い声だった。

「マイロか？」灯台守は混乱しながらたずねた。「親父さんはどこだね？」

「ここにいる！」少年はすぐさま答えた。「だけど……もう声が出ないんだ」

「あたたかくしていけよ」するとと遠ざかっていく船にむかって、灯台守はとっさに声をかけた。魔女の月の晩に冷たい死者を乗せて船を出すには、マイロは若すぎると思えてならなかった。

　三十分もしないうちに、老人はのみかけのスープで危うく喉をつまらせそうになった。ゆっくりと霧を切り裂いて進んでくる二艘めの船が見えたのだ。

　こんどの船は、二本の帆柱につけた大きな四角い帆をいっぱいにふくらませていた。領主の交易船、〈運命の女神〉号だ。灯台守はすぐに気がついた。誇り高き領主が、なにが楽しくてこんな霧の深い晩に船を出しているのだろう？　船が予想以上に危険なところまで近づいてきたので、銃眼や、甲板を駆けまわる乗組員たちの姿が見えた。

「今夜〈夕べの雌馬〉号を見たか？」領主の声が聞こえた。せっぱつまったようなきつい口調だ。

　灯台守はやさしい男で、渡し守の一家に悪意などいだいてはいなかった。もし自分のひとことがマイロにどんな危険をおよぼすかわかっていたら、正直には答えなかったことだろう。いや、やはりそうしたかもしれない。領主にはむかうのは勇気のいることだ。つねに代償がついてまわるのだから。

新刊案内 12 2024

『星を継ぐもの』シリーズ第5弾にして最終巻!

ジェイムズ・P・ホーガン
内田昌之 訳

ミネルヴァ計画

創元SF文庫 定価1540円

ハント博士を驚愕の事態が襲う。並行宇宙の自分自身から通信が入ってきたのだ。不朽の名作『星を継ぐもの』に始まるシリーズ、第5弾にして最終巻!

東京創元社

〒162-0814
東京都新宿区新小川町1-5
TEL 03-3268-8231(代)
https://www.tsogen.co.jp

*価格は税込

戦時中の働きに対する受勲の授与のため、パリに向かう99歳と97歳の姉妹。だが妹のペニーには別の思惑があり……。激動の時代を生き抜いてきた最高に格好いい姉妹の物語！

命みじかし恋せよ乙女 少年明智小五郎

辻真先　四六判上製・定価2310円 E

大正八年、記者・可能勝郎は、取材のため世田谷村の富豪・守泉家にやってきた。その最中、死体消失、衆人環視下の殺人など、不可能犯罪に巻き込まれる！　傑作長編ミステリ。

ふたりの窓の外

深沢仁　四六判仮フランス装・定価1760円 E

春の宿、夏の墓参、秋のドライブ、そして冬の宿。葬儀場の出会い以来、それぞれの季節に一度ずつしか会っていないふたりの一年を四章仕立てで描いた、絵画のような恋愛小説。

※価格は消費税10％込の総額表示です。

E 印は電子書籍同時発売です。

■創元推理文庫

地下室の殺人

アントニイ・バークリー／佐藤弓生訳　定価1100円

「被害者探し」の手がかりは名探偵ロジャー・シェリンガムの原稿のなかに？　作中作の技巧を駆使してプロット上の実験を試みた『最上階の殺人』と双璧をなす著者円熟期の傑作。

罪なくして 上下

シャルロッテ・リンク／浅井晶子訳　定価各1320円 E

自己肯定感のないロンドン警視庁刑事ケイト・リンヴィル。ヨークシャーに向かう列車内で遭遇した銃撃事件は、彼女を哀切きわまりない事件に誘うことになる！

ファミリー・ビジネス

S・J・ローザン／直良和美訳　定価1430円 E

チャイナタウンの大物ギャングが病没。彼が姪に遺した建物は再開発計画の中心地にあっ

ささやきの島

フランシス・ハーディング／児玉敦子訳　四六判上製・定価2420円 E

死者の魂を船で送り届ける渡し守だった父が殺され、怖がりのマイロが役目を果たすことに。エミリー・グラヴェットのイラスト満載。『嘘の木』の著者の傑作YAファンタジイ。

紙魚の手帖

東京創元社が贈る文芸の宝箱　A5判並製・定価1540円 E

本邦初訳短編やコラムなどで贈る、アン・クリーヴス特集。川野芽生、田中啓文、川出正樹『ミステリ・ライブラリ・インヴェスティゲーション』出張版ほか。西島伝法、町田そのこ読切掲載。特別企画、

SHIMI NO TECHO
vol. 20
DECEMBER.2024

東京創元社 創立70周年

東京創元社は2024年に創立70周年を迎えました。記念フェア、イベント等の詳細は東京創元社サイト（https://www.tsogen.co.jp/）をご覧ください。

※価格は消費税10％込の総額表示です。

E 印は電子書籍同時発売です。

真っ黒な走り書き

　マイロは甲板を駆けまわり、岩場に目をこらし、船がきしんだ音をたてるたびに耳をそばだてた。前方で牙をむきだしている大きな岩を避けるのに必死で、最初は煙のにおいに気づかなかった。

　ランタンは、帆柱のかけ釘にぶらさげたままにしていた。それが横に倒れて蓋が開き、のこっていた頭巾のうちの一枚がろうそくの火にだらりとかかった。古くて乾いた布は炎にのみこまれ、ほどいたロープの山に火の粉が飛び火して、ロープも小さな青い火花を散らして震えながら、煙をあげはじめた……

　マイロは駆けつけてランタンを立て直すと、燃えている頭巾を踏みつけ、ロープの小さな炎を手でたたいて消した。あと少し遅かったら、炎はロープをはいあがって帆にまで広がっていたことだろう。マイロは毒づきながら、やけどした手をわきの下にぎゅっとはさみこんだ。

「だれがやった？」マイロは大声を出した。死者の乗客が物を壊すなどという話は、父から一度も聞いたことがない。

下を見ると、甲板のランタンのそばにすすけた足跡がある。真
鍮の留め金のついたあの青い靴のように、ほっそりしている。
うっすらとした足跡は、船尾にむかって逃げていくようにつづい
ていた。船の先端に、頭巾をかぶったか細い人影がちらりと見え
たような気がした。身にまとった黒っぽいゆったりしたものが、
風に揺れている。

「帆に火をつけようとしたのか？」マイロは少し前まで少女のこ
とをかわいそうとしか思っていなかったが、いまのできごとです
べてが変わった。「そういう計画だったのか？　ぼくたちを足ど
めして、ごりっぱなお父さまが追いついてこられるようにしたか
ったのか？」

　少女がいいかえすと、かすかな音にならない音のかけらが、光
る魚のようにマイロのわきをすり抜けていった。少女は怒ってい
るようで、マイロはもうがまんならなかった。

「聞けよ、この甘やかされたお姫さま！」マイロは礼儀をかなぐ
り捨てて声をはりあげた。「ぼくの父親は今日死んだ。きみとき
みのくだらない靴のせいでだ！　あと一度でもいまみたいな悪さ
をしたら、靴を船から投げすてててやる。きみは海の底を歩いて島
までもどることになるぞ。きみの人生が短かったことは気の毒に
思う。だけど、それが運命だったんだ。人生は一度きりだ！　不
公平かもしれない、でも、そういうものなんだよ！」

マイロは甲板を踏みつけるようにして舳先にもどった。自分の言葉のせいで口のなかが苦い。みにくくて残酷な言葉だった。マイロはふだんそんなふうではないのだ。少女はきっと、怖くて悲しい思いをしているだろう。でも、何人もの魂を船に乗せて安らぎの地まで運ばなければならないときに、力のある人物が武装した家来と黒魔術師を引きつれて、やっきになって追ってきているのだ。

　ガブリエル。少女の名前がふと頭に浮かんだ。もちろん前から知っていたのだが、いまは無数のやさしい声や厳しい声が重なりあってつぶやいているのが聞こえてくるようだ。あの子の母親はいつもレラと呼んでいた。ふいに、そんなことがわかった。知りたくなかった。靴を見たときのように、少女の思いを感じて胸が痛くなった。

　少しすると、後方のマーランクはすっかり見えなくなり、灯台の明るい光すらわからなくなった。霧や闇にのみこまれただけではないだろう。〈夕べの雌馬〉号は慣れ親しんだ生きる者の海をあとにして、すでに未知の不気味な海域に入ったのだ。

　マイロはいまや、死者に囲まれてひとりきりだ。見覚えのある目印すらない。そう考えると気もそぞろになって、自分がなにもできない気がした。ときおり顔をあげると、舳先がいつのまにか三角旗の指ししめす方向をはずれていて、針路を修正しなくてはならなかった。

けれども、船の空気が変わったときには、すぐにわかった。死者の警戒感がたかまったかのように、すさまじい緊張がみなぎっていた。マイロが年老いた女性らしい影に目をこらすと、上のほうを見つめているようだった。

その視線の先をたどる。ずっと上のほうで、霧のなかを鳥が旋回していた。

カモメほどの大きさの鳥で、豊かな土の色をしている。その飛びかたには、どこかおかしなところがあった。ふつうの海鳥が風に乗るときのように、ぐらついたり傾いたりしないのだ。それどころか、らせんを描いてなめらかにおりてくる。一定のリズムでゆるやかにはばたきながら。

その鳥が帆柱のてっぺんにとまったとたん、頭がないことがわかった。

すでに、六人の死者の魂とともに見知らぬ海域を航海していたマイロは、その鳥の姿を見てさらに恐怖と嫌悪感でいっぱいになった。

「おい！」マイロは帆柱をたたいて叫んだ。「あっちへ行け！」

鳥は翼をたたんで、前に体を傾けてきた。ありもしない目で、じっとマイロをのぞきこむかのように。マイロは、なにか投げつけられる物はないかとあたりを見まわした。そのときになって、さらに二羽の鳥に気がついた。

　一羽は灰色、もう一羽は古いチーズみたいなまだら模様。二羽とも最初の鳥とおなじように頭がない。二羽は甲板におりたって、足のかわりについている器用そうなサルの手で、昇降口のかんぬきを引っぱっている。二本目のかんぬきがはずれると、二羽ははばたいて蓋をもちあげようとした。

　そこは船倉への入口で、なかには死者の靴が隠してある。

　マイロはかぎ竿を拾いあげて駆けつけると、灰色の鳥にむかって振りまわした。鳥が蓋を離して飛びたつのではないかと思ったのだ。ところが、鳥は手を離さない。竿がぶつかった瞬間、グシャッという気持ちの悪い音がした。鳥はわき腹をえぐられたのに、それでも羽をばたつかせている。

　まだらの鳥が入口めがけて舞いおりてきた。マイロはとっさに蓋を踏みつけ、くるみ割りでくるみをはさむみたいに、あいだに鳥をはさんだ。グシャリという音がするのを覚悟してマイロは顔をしかめたが、なにも聞こえない。鳥ははさまれてはいるがつぶれてはいなくて、あいかわらず、身をよじって船倉に入りこもうとしている。

45

マイロはあわてて、もう一度力いっぱい踏みつけた。バリバリと大きな音がして、蓋が閉まった。鳥の下半分が甲板をころがっているが、血は流れていない。鳥の体は空洞で、なかは土の器のようになめらかだ。サルの手は死んだクモみたいに縮こまって動かない。

　傷ついた灰色の鳥は旋回しながら上にむかっていき、茶色の鳥と合流した。二羽はそろって霧のなかに消えていった。

　マイロは大急ぎで二本のかんぬきをかけ、ふたたび鳥が攻撃をしかけてくるのではないかと、周囲の空を見わたした。だが、鳥の姿はない。マイロはおそるおそる蓋に耳を押しあてた。

　下の船倉から、かすかだが不穏な音が聞こえる。パサドサ。パタ、パタパタ、パタパタ、パタン。ドサ。そして静かになった。ただただ静かだ。

　死んだんだ。マイロは自分にいい聞かせた。死んだにちがいない。戦いが終わったとたん、吐き気がしてきた。蓋をあけてたしかめようと思ったが、死にかけた鳥の半分がばたばたと顔にぶつかってくるかもしれないと怖くなった。やめよう。急ぐことはない。しばらく放っておこう。死んだことがはっきりするまで。

　マイロは船の舵取りにもどった。そのせいで、ふたたびかすかな音がしはじめたことに気づかなかった。

　パタパタ、ドスン。パタ、パタ、パタン。

46

その後の一時間、マイロの頭から鳥が離れることはなかった。自分がしたことは正しかったのか？　もしあいつらが、ふたつの世界をつなぐ未知の海域の守護神や案内役だったらどうする？父だったら、ちがうことをしただろうか——やつらに話しかけるとか、エサをやるとか、支払いをするとか？

「なんにもわからない！」マイロは考えても考えてもわからなくて文句をいった。「父さんはちゃんと話してくれなかったじゃないか！　ぼくには用意ができていないんだ！」

　背後の影からの答えはなく、あいかわらずその存在の重みだけがのしかかるようだった。マイロは落ちつきなく動きまわって仕事をこなしていたが、背後の影を振りはらうことはできなかった。どこに行っても、一歩うしろをぴたりとついてくるのだ。

　船尾の近くで、マイロは足をとめた。甲板に黒っぽい印がついている。ぞんざいに描かれた線や図形だ。ランタンをとってきてかかげ、じっと見る。

　印は文字だった。何者かが相当な苦労をして、甲板じゅうに何行も何行もすすで文字を書いていたのだ。近くにこげた頭巾が落ちている。マイロは甲板にランタンを近づけて、すぐそばの言葉を照らしだした。

……空気は冷たくなり
　ふたごの鳥が　ふたつの桃色の空を　飛んでいく……

　なんだこれ？　マイロには意味がわからなかったが、疲れきった脳が「鳥」という言葉をつかまえた。

　少女はすぐそばにいた。自分がすすで書いた走り書きから、そう遠くないところに漂っている。

「これはどういう意味だ？」マイロは問いただした。「きみがあの鳥たちをここに呼びよせたのか？　これはまじないかなにかなのか？」もしかしたら、不可思議な力をもっているのは、娘の父親が雇った魔術師だけではないのかもしれない。

　少女はたじろぎ、なにも明かすものかと身構えている。

　二度とこの子にどなりつけたりしないぞ。マイロは自分にいい聞かせた。後悔して疲れきっていた。さっきどなったのはまちがいだった。あの文字は、自分で消せばいいんだ。

　マイロは桶をつかむと、船の外におろして海水をくみ、船尾にもどった。桶をもちあげて、すすの文字に水をぶちまけようとしたとたん、とつぜん少女の影が目の前に立ちはだかった。顔から数インチのところに頭巾がある。

　マイロはぎょっとしてあわてて顔をそらし、うしろむきによろけた。桶から水がこぼれて足にかかる。あまりにもすぐそばにい

たので、一瞬、少女の長い藍色のショールの模様や、頭巾から
のぞく黒っぽい巻き毛までくっきりと見えたほどだった。

　視界のはしに見える少女は動いてはいない。沈黙の銀色の言葉
が、ふたたび群れをなしてマイロのわきを流れていく。マイロは
怒りと恐れにとらわれていて、少女が攻撃をしかけてきていない
ことに、すぐには気づかなかった。少女から感じられるのは苦し
みだけだ。脅してなどいない。ただ必死にうったえている。

　少女は両腕を横に大きく開いている。まるで、すすで書いた文
字を守ろうとするかのように。でも、守れるわけがない。もしマ
イロが水をまいたら、少女のなかを通り抜けていくだろう。その
とき、少女にはその感覚があるのだろうか？

　マイロはもう一度、しみのような文字に視線を落とし、こんど
はちゃんと読んでみた。

　　羽虫の歌が太陽を眠りにつかせ
　　湖の上の空気は冷たくなり
　　ふたごの鳥が　ふたつの桃色の空を　飛んでいく

「詩……なのか」マイロははっとしてつぶやいた。桃色の夕映え
に染まる湖、そこに映る自身の影の上を飛んでいく一羽の鳥……

　ぼんやりとした少女の影は、腕をおろしていた。そのまわりの
空気が、悲しみと後悔となにかほかのものとでかたまっている。
恥ずかしがっているのか？

49

死者を相手に同情は禁物だ。そんなことはわかっている。それでもマイロは、少女の苦しみを感じて苦しくなった。その気持ちをわかってやりたかった。少女の声を聞きたかった。少しすると、ほんとうに聞こえてきた。こんどは、うるさいほどで、まるで耳もとで話しかけられているみたいだ。

　だれにもいったことはない。書いてみたことも一度もない。大きくなれば、もっとうまくなると思っていたから。

　マイロはあたりを見まわして、船のほかのところにもしみのような文字があるのに気がついた。帆の下のほうにまで書いてある。水しぶきを浴びて、もうぼやけはじめているものもある。

　ガブリエルはまじないをかけたのでも、火をつけようとしたのでもなかった。どうしようもなくて頭巾を燃やしてすすをつくり、心に秘めてきた詩が永遠に失われることがないように、手あたりしだいに書きなぐっただけなのだ。

　マイロからは見えない冷たい空を、死の鳥が二羽、主人のもとへと飛んでいった。

　灰色の翼と茶色の翼は、不気味なほどぴったりそろってはばたいていた。鳥は寒さも恐れも感じない。それでも、見たり聞いたりはできる。鳥たちの空っぽの胸で、小さなガラスの粒がからまりあって音をたて、記憶している。

　霧をすかして〈運命の女神〉号が見えてくると、鳥たちは甲板に立つ藍色の服を着た人影にむかっておりていった。灰色の鳥は肩にとまって、サルの手でしがみついた。茶色の鳥は、男がもちあげた手の長手袋の甲にとまった。

　人影は少しのあいだ空を見あげていたが、やがてまだらの鳥がもどってこないことを知った。男は茶色と灰色の鳥のなかでガラスの粒がたてる音に一心に耳を傾け、しだいにその音の意味を理解した。自分がつくりだしたものについてはよくわかるのだ。

　藍色ずくめの男はあやしげな職人で、古くさい道具箱のような意識をもちあわせていた。とがっている物、曲がっていて便利な物、とうの昔に捨てられるべきだった物が入った箱だ。そのようなものに考えなしに手をのばしても、いいことはない。けがをしたり、危険な目にあうだけだ。

「きみが、わたしより運がいいことを願っているよ」かたわらの白い衣(ころも)の男が、変わった形の望遠鏡をのぞきこみながらつぶやいた。白の男はいつでもゆっくりとやさしく語り、言葉を雪片(せっぺん)のように降らす。「この霧ではなにも見えないし、だんなさまはあせりはじめている」

甲板のうしろのほうで、マーランクの領主がうろうろと歩きまわっていた。じれったそうに顔をしかめて、配下の魔術師たちを見つめている。

「ほんとうに運がよかった」藍色の男は弓のこを引いたような声でいった。「われわれの獲物の行方がわかったぞ」

ほの白い門

　霧が絶えまなく形を変えて、マイロの目を惑わしはじめた。霧はつねに渦まきながら形をつくっては、ほどけている。なにひとつはっきり見えなくて、気になってしかたがない。

　波はまだ小さいながらも、ふざけた調子になってきた。ときどき大きく立ちあがってはぶつかり、白い泡を吐きだす。それが空中に飛びちってはじけ、ひらひらと舞う。この白い泡は蛾なのか？　ランタンに群がってろうそくの明かりに近づくようなことはしていない。雲のようにかたまって霧のなかで渦まいて、ときおり帆柱や帆におりてくる。

　マイロは目をぱちぱちさせてみたが、それでもまだ白いものが見える。ゆっくりと羽を動かしていく、銀色の目らしきものが見え隠れしている。それともあれは、クリーム色の帆についた影やしみなのだろうか？

　おまえは頭をはっきりさせておくことができない。父にいわれていた言葉に、マイロは深く傷ついていた。

55

「なにが現実かわからない」マイロは声に出していった。寒くて、絶望的な気分だった。「父さんは、ぼくがこうなるってわかってたんだよね？」

　背後の影から、雷のように激しい力がほとばしった。いらだっているのがわかる。ぼくは試験に落ちたんだ。とっくに知っているはずのことを忘れていたから。

　なにがこんなにひっかかるのか？　声にならない声が脳内できしんだ音をたてているせいか、それとも記憶のせいだろうか。もしかしたら、父が手のなかで湯気のたつカップをまわしながら、遠い目をして話していたのが思いだされるからだろうか……

　あいつらはおまえには触れない。ただ、触れさせようとおまえをそそのかす。揺れる蛾、悲しみの羽。喪失を養分にする疑念と困惑の物体だ。もし触れたら、おまえも食われてしまう……

　マイロは思いだして理解した。幻を見ていたわけではなかったのだ。

　雪のように白い羽が手すりやロープ、帆や甲板の上で震えている。月明かりに照らされてふんわりとほの白く、空中で渦を巻く。いまは、たしかに存在しているのだとわかる。光のいたずらだと思えたのが、不思議なくらいだ。

マイロが見ているうちに、蛾が大きな雲のようにかたまって人の形をつくりはじめた。それが、ひらひらと甲板の上を滑るように近づいてくる。雪のようにふんわりとした、銀色の目の女だ。細く薄い口でほほえみ、羽のはえた手をさしだしてきた。

　本能は飛びのけと悲鳴をあげていたが、マイロは歯を食いしばってその場にとどまった。背後の甲板には白い羽のようなものが散らばっている。もしここでうしろにさがったら、やわらかな羽を足で踏みつけ、よろけてその上に倒れてしまうかもしれない。

　あいつらはおまえには触れない。

　女が近づいてくると、集まって顔をつくっている羽の一枚一枚が見てとれた。変な形のほっそりした手が、マイロの頬から数インチ先の空気をなでるが、肌には触れてこない。それから女はばらけたかと思うと、小さな白いものが集まって雲になり、それが舞いあがって、ふたたび吹雪のように船のまわりを旋回しはじめた。マイロは身をこわばらせてじっとしていた。白い霧のなかではばたく白い羽に呆然と目を奪われ、蛾のつぎなる動きを待ちかまえた。

領主の船では、蛾に気づいたときには手遅れだった。あそこに見えるのはなんだ？　霧か水しぶきか、月明かりのいたずらだろう。乗組員のなかには、ロープをつかんだとたん、手の下でもろい羽がつぶれるのを感じた者もいれば、ブーツが小さな体を花びらのように踏みつぶしたときの、ささやきを聞きつけた者もいた。けれども、それについて話すだけの時間はなかった。肌が雪のように白くなり、蛾の羽がはばたくように銀色の目をゆっくりとしばたたかせながら、甲板に倒れこんだのだ。

　領主とのこりの乗組員は大急ぎで甲板の下に逃げこみ、魔術師（まじゅつし）たちにあとの始末をまかせた。

　白の魔術師は、刺繍（ししゅう）をほどこされた長い衣（ころも）についたたくさんのポケットのひとつから、結んだロープを一本とりだした。そのロープの三つの結び目を、ひとつずつほどいていく。

〈夕べの雌馬（めうま）〉号のマイロは、どこからともなくわきおこる風の音を聞きつけた。古い扉（とびら）をあけるときの、うつろなうめき声のような音だ。激しい風があえぎ、ロープを引っぱる。波がそわそわと混乱したように荒れ騒（さわ）ぐ。蛾の羽の動きはいっそう狂おしくなってきた。

　風は強さを増し、とどろくような音とともにぶつかってくる。帆がいっぱいにふくらみ、握りしめたロープにいきおいよく引っ

59

ぱられ、マイロはよろけそうになった。蛾がすぐそばをかすめたときには、しゃがみこんで腕で頭を覆い、船にひとつもいなくなるまで待った。耳ざわりな風の音がますます激しくなってくる。船が傾いて揺れるので、マイロは必死になって大きな帆のむきを直した。

「つかまれ！」とっさに叫んでいた。まるで、乗客が自分とおなじように溺れる危険にさらされているとでもいうように。目のはしに、じっさいに手すりや帆柱にしがみついている乗客が見えた。とつぜん吹いてきた奇妙な風は、蛾だけでなく、やわらかくあたりを包みこんでいた霧をも吹きはらっていた。周囲の霧が薄くなり、やがて空気がガラスのように澄みわたった。

　月は高くあがり、ほとんど銀色に輝いている。マイロが振りかえると、月明かりのおかげで、遠くに一艘の船が見えた。大きい四角い帆の船だ。どの船かすぐにわかった。

　風がやんで、ふたたび霧がたちこめはじめた。すぐに〈運命の女神〉号は見えなくなったが、追われていることだけはわかった。

　一刻もむだにはできない。霧が晴れたとき、〈運命の女神〉号からも〈夕べの雌馬〉号が見えたにちがいないのだ。あの船の大きな帆がいっぱいに風をはらめば、真っ向勝負になったときには、またたくまに追いつかれるに決まっている。

けれどもマイロは、空気が澄んでいた短いあいだに、自分のつぎなる目印を見つけていた。前方に、大きな海門の曲がった輪郭が見えたのだ。

　海門は五十フィートの高さがあるが、ほの白くて細いため、ほとんど霧にまぎれてしまっている。岩でできているにしては、軽くてもろそうだ。おぼつかない手が、空中に灰色のチョークを使って描いたかのようだった。アーチのなかとそのむこうと両わきでは波がうねっているが、土台のところではさかまいていない。

　傾いたアーチの上に、十羽ほどのカモメがちょこんととまっている。まるで波止場にでもいるかのように、さっと舞いおりてみたり、争ったりしている。マイロはふつうのカモメなのだろうと思った。どこにでも行き、なんでも見て食べようとする鳥に、「ふつう」という言葉があてはまればの話だが。

　〈夕べの雌馬〉号がアーチに近づいたとき、マイロはそのむこうからこちらにむかってくるべつの船のおぼろな影に気がついた。

　マイロの知るかぎり、この海域を航行するのは渡し守の船だけだ。そのむこうには、〈壊れた塔の島〉しかない。幽霊船が島の岸を離れてきたのかもしれないと思ったら、ぞっとした。

　どうしたらいい？　針路を変えるにはもう遅い。速度をあげて、もう一艘の船がアーチに到達する前に、すばやくくぐり抜けるしかない。ところが、さらに風をうけられるように帆を調整していると、むこうの船もおなじことをしている。マイロはあわてて、

船が衝突しないように、右に舵を切った。アーチの幅は広い。きっとすれちがえるはずだ。だが、恐ろしいことに、むこうの船もマイロのまねをして左に舵を切っている。このままいくと両方の船首が衝突してしまう。

　つぎに顔をあげたとき、むこうの船がはっきりと見えて、マイロはもう少しでロープを離しそうになった。クリーム色の二枚の帆、灰色の馬の船首像、帆柱に翻っているのは布を寄せあつめた三角旗。マイロとおなじ顔のずぶ濡れになった十代の少年が、ロープをつかんで、ひどく驚いた顔で見つめかえしてくる。

　はじめて見るその船は〈夕べの雌馬〉号を鏡に映したようにそっくりだったが、乗客はちがった。あちらの船の甲板には、数えきれないほどの人が麻布の頭巾をかぶってぎゅうぎゅうにつめこまれている。年齢はびっくりするほどさまざまで、いちばん若いのは十代、いちばんの年寄りは老いて腰が曲がっている。ひとりは片方の腕がない。剣で刺されたと見える人もいる。

　けれども、これだけちがったところがある人たちなのに、姿形はどこか似ている。まるで、一風変わった大家族みたいだ。マイロには、その人たちがだれだかわかった。着ているものや体の線やたたずみかたに見覚えがある。死んで頭巾をかぶっている人たちは全員、マイロ自身なのだ。

63

おまえは死ぬのだ。なすすべもなく近づくにつれ、目の前の恐ろしい光景が節をつけて語りだした。心臓がとまり、血が凍り、おまえが運んでいる人々とおなじ幽霊になる。いまここで見える死のどれかが、おまえの未来なのだ。

　一瞬にしてその考えが脳内にあふれてきて、マイロは激しく動揺した。船の向きを変えて、なんとしてでも死の船を避けたかった。けれども、つぎの瞬間には気をとりなおし、少しやけになったように笑いだしていた。不吉な光景が、もうひとつ教えてくれていることがある。

「ぼくは今夜を、生きのびるかもしれないんだ！」マイロは小声でつぶやき、いちばん年老いたマイロを見た。そのときまで、胸の奥底では、今夜生きのびられるとは思っていなかったのだ。

〈夕べの雌馬〉号はアーチをくぐり抜けた。姉妹の幽霊船と舳先がふれあったが、衝突の衝撃はなかった。それどころか、むこうの船の姿は波打ちながら見えなくなった。手をのばしたとたん、消えていく幻のように。

〈運命の女神〉号の人々はとまどっていた。〈夕べの雌馬〉号が消えてしまったようで、見張りがさがしても見あたらない。藍の魔術師の鳥でさえ、見つけることができなかった。

ようやく、望遠鏡をのぞいていた白の魔術師が、海のアーチに気がついた。魔術師ふたりは知恵を出しあい、古い書物で得た知識の断片を思いだした。

「渡し守の船はこのアーチを通り抜けて逃げました」ふたりは領主に説明した。「アーチのむこうは……べつの海域につながっています。われわれもおなじ入口を通れば、たどりつけます」

　領主の命令により、〈運命の女神〉号はそびえたつアーチの方向に舵を切った。滑るように近づいてきたのは、大きな四角い帆を張った美しい金色の商船だった。船首像は硬貨がつまった貝殻をかかげた女性の姿で、〈運命の女神〉号のそれとそっくりだ。船上の人たちはみな、むこうの船に自分たちの姿を見つけた。いっしょに、死んで頭巾をかぶった自分自身も乗っている。だれもがぎょっとしてあわてだした。

　乗組員の半分はうろたえて、船の方向を変えようとして失敗した。〈運命の女神〉号は針路をそれて、大きなアーチの右の柱にぶつかった。

　柱に強い震えが走り、ゆがんで、びっくりするほど傾いた。アーチのてっぺんが高くなったとたん、上にとまっていたカモメはいっせいに飛びたち、つぎの瞬間、アーチが崩れた。裂け目から青白い奇妙な形のものが降ってきて、しぶきをあげて海に落ちたり、大きな音をたてて甲板にぶつかったりした。

68

〈運命の女神〉号とそっくりな船は姿を消した。カモメはアーチに新しくできたすきまの上を飛びまわり、怒ったように鳴きさけんでいる。とつぜん、ほの白かった柱はつまらない色に見えはじめ、この世らしからぬ風情(ふぜい)を失った。色あせて、でこぼこになり、大きい塊(かたまり)や小さい塊がつぎはぎされたみたいになった。月の光も弱まり、海が波立ちはじめた。

　〈運命の女神〉号の人々はあわてふためき、いい争ったり、祈ったりしだした。船乗りのなかには、目の前に見える自らの死にむかうのをがんとして拒否しつづける者もいた。そうした者は、領主の兵にとらえられた。

　そのあいだにも、白い魔術師は、甲板の足もとに落ちてきた白っぽいごつごつした物をいくつか拾いあげ、じっと観察していた。それがなにでできているかは、見まちがえようがなかった。

「骨だ」白の魔術師はアーチの欠けた部分を見あげた。「あのすきまを骨でうめる方法を見つけないかぎり、この門は閉じてしまう。われわれはこちら側に足どめを食う。あの少年はむこう側にいるというのに」

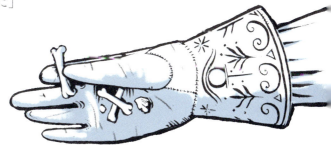

銀 の 砂

　アーチのむこう側は霧が晴れていて、月が太陽のように明るく輝いていた。星のない空は濃い青紫色だ。波は、病人を見舞う客のように、〈夕べの雌馬〉号のまわりにしのび足で近づいてくる。

　〈運命の女神〉号の気配はない。マイロは四方八方の水平線を見わたしたが、領主の船はついてきていないようだった。ほの白いアーチも見えなくなっていて、マイロは心配になった。必要となったときに、ふたたび姿を見せてくれることを祈るしかない。

　前方に、小山のような島がぽつんと見えてきた。まばゆい月明かりをうけて、浜が銀色に光っている。海岸からは素朴な木の桟橋がのびていた。砂から切り株のようにいくつかつきだして見えるのは、建物の廃墟だが、もとがなんだったかわからない。そして、島のいちばん高いところから、破壊された塔が一基、空にむかってのびている。

　〈壊れた塔の島〉、死者の通過点だ。

〈夕べの雌馬〉号が島に近づくにつれ、いくつもある廃墟が、下にむかってではなく、上にむかって崩れているのが見えてきた。屋根は上むきに力を加えられたように壊れ、梁や乾いてひも状になった草ぶきが空にのびている。がれきは戸口や横木の下側にたまり、そこを越えてのぼっていこうとしているみたいだ。

　塔は十階ほどの高さだが、上の五階分には壁がない。のこっているのは真ん中のらせん階段の軸と、そこからつきだしている石段だけだ。塔はまるで、上から大きな手で引っぱられたかのようで、壊れた金属のバネのように形が変わってのびている。

　桟橋は安全だ。背後で声がした。だが、浜におりてはならぬ。

〈夕べの雌馬〉号はするすると桟橋のそばでとまった。マイロは不安な思いで渡り板をおろし、船を係留装置につないだ。そのとき、すぐそばでかすかにパサ、パサ、パサという音がした。顔をあげてみると、脱ぎすてられた頭巾が桟橋で山になっている。見ているうちに、もう一枚加わった。

　乗客たちが船をおり、頭巾を脱ぎすてたのだ。

　六枚の頭巾の山。六人の死者全員が船をおりている。マイロが靴をわたしてやれば、彼らは壊れた塔にむかって旅立っていく。それでマイロの仕事は終わり、あとはマーランクまで船でもどるだけだ。領主に激しい怒りと悲しみをぶつけられるだろうが、それさえ切り抜けられれば家に帰れる。空っぽの家に帰って、父の椅子やパイプを目にするのだろう。そのときには、いま背後につ

72

きまとっている存在もいなくなっている。なつかしくてなつかし
くない、うっとうしいのに心を安らげてくれる存在が。

　マイロはまだ覚悟ができていなかった。いまも背後の、目に見
えない影が感じられる。もしかしたら、危ないかもしれないけれ
ど、ちらりと振りかえるくらいはできるかもしれない。ほんの一
瞬だけ。最後に、父さんの顔を一目見るだけなら……

　だめだ。振りかえろうとしたとたん、うしろからきっぱりとし
た声が聞こえた。マイロは凍りつき、肩を落とした。

　じゃあ、あれだけなのか？　あれが最後のお別れだったのか？

　マイロは桟橋に腰をおろした。砂浜にはだしの足跡が浮かびは
じめた。幽霊たちがうろうろと歩きまわりながら、靴をわたされ
るのを待っているのだ。そのときマイロは、そばにだれかがすわ
っているのに気がついた。一瞬、父の霊が親子で過ごすひととき
を求めているのではないかと期待した。でも、ちがった。目のは
しに映ったおぼろな姿は、ガブリエルだった。

ガブリエルの声は耳に入りやすくなっていて、聞かずにいるのがむずかしくなってきた。あわれっぽい声で、マイロの想いが彼女の言葉になってくりかえされる。

　まだ覚悟ができないできない……

「きみが船に書いた詩、写しをつくるよ」マイロは約束した。少女の気持ちを思うと胸が痛い。「ぼくがお母さんに届けよう」

　でも、ほかにもたくさんあるのよ！

　苦しげな後悔の念が、ガブリエルとマイロの意識に黒いとげのように刺さる。

　マイロはきつく唇をかみしめた。仕事を終わらせて、さっさと立ち去らなければならないのはわかっている。生きる者の海への航路が開かれているのは、そう長い時間ではない。それに、〈運命の女神〉号がまだ追ってきているかもしれないのだ。なのに、マイロはどうしてもいわずにはいられなかった。

「そうだ。いま、その詩を砂の上に書けるかい、大急ぎで？　ぼくが航海日誌に書きとめるよ。ひとつ残らずね」

　〈夕べの雌馬〉号の船倉の暗闇で、かつての鳥が体あたりでさぐりまわっていた。首につけた石板のしるしによって、目がなくても見ることができるが、明かりがなければそれもかなわない。

鳥の思考は血と内臓が失われたときにほとんどこそげとられていたが、暗くなった部屋でちらりと光るガラスのかけらのようにわずかにのこっていた。それは自分の身が傷ついていることを察し、感じてもいた。恐怖でもなく痛みでもなく、ただなにかを。閉じこめられた鳥の残骸(ざんがい)は、本能で空を求めていた。

　それでも、壊れた鳥は命令にしたがおうとした。右左と体をぶつけ、真鍮(しんちゅう)の留め金のついたきゃしゃな靴をさがしている。そうしてとうとう、すりきれた背負い袋(ぶくろ)のなかにその靴を見つけた。

〈運命の女神〉号では、領主がいらだちをおさえられなくなっていた。「わたしの言葉をむげにするな。急がなければ、月が沈む。このアーチを直せるのか直せないのか？」

「われわれに時を超える門を直せというのですか？　死者の領域に足を踏みいれろと？」藍(あい)の魔術師(まじゅつし)がざらついた声でいう。「もともとの契約はそんな話ではなかった！」

「新しい条件が必要ですね」白の魔術師がいった。雪のなかで眠る羊のように、やわらかでやさしい声音だ。

「報酬(ほうしゅう)を倍にしよう！」領主はいらいらといったが、魔術師たちは目を見かわした。

「もう金はけっこう」白の魔術師が答えた。「われわれが望むのは、あの少年の船だけです」

領主がかっかとして迷っているあいだ、魔術師たちはいらだち
を押し隠して見守っていた。ほの白いアーチをすかして、ふたり
はさっき、船を走らせる自分たちの姿をまのあたりにしていた。
死んで頭巾をかぶった自分自身でいっぱいの船を。ほかの乗組員
とおなじだった。ただ、魔術師はその幻について、それぞれ異な
る解釈をしていた。

　あれは、死を乗りこえたあと、わたしがあまたの人生を生きる
というあかしだ。白の魔術師は思った。

　あれは、死の島を制圧したあと、わたしが支配する死者の群れ
だ。藍の魔術師は思った。

　ただの少年でもこの不思議な海域を進めるというのなら、渡し
守の船にはなにか特別なところがあるにちがいない。あの船をも
つ者はだれであれ、生と死の境界を超え、永遠の謎を支配する力
を手に入れるのだ……

　領主は娘の肖像画をおさめたロケットに触れていた。たびたび
交易で航海に出ていたために、娘が大きくなるまで、マーランク
を留守にすることが多かった。家に帰ってくると娘の背がのびて
いたので、そのたびに新しい肖像画を描かせた。そうしておけば、
つぎに旅立つときにも、ロケットのなかから娘がほほえみかけて
くれた。娘の子ども時代をほとんどともに過ごせないことを気に
しながら、領主はいつも考えていた。いつかは……

いま、「いつか」が死と渡し守の船によって奪われようとしている。

「わかった！」領主はあわてていった。「船はおまえたちにやろう。通り抜ける方法を見つけよ！」

　ガブリエルは棒を見つけて、銀色の砂に詩を書きはじめた。いくつもいくつもあった。

　昼間に見た夢や夜に想ったこと。父の長い留守中、肖像画を見ながら思いうかべた会話。浜辺にあったネコの頭蓋骨の半分と、そのせいで脳内にのこったとげとげしい思い。うたう星や仕返しをする木々や、危険な笑みを浮かべた半分サメの女についての幻想的な物語。

　マイロが何ページ分か書きうつしているうちに、ほかの死者たちも伝えたいことを記しはじめた。

　木靴のおばあさんは、自分が世話をしてきたのらネコたちにエサをあげてほしいと書いた。泥だらけの長靴の農夫は、愛する者たちにむけた祈りと忠告を記した。黒い靴の持ち主は、昔犯した盗みについての短い告白を刻んだ。ドングリの実を靴がわりにしたみすぼらしい幽霊は文字が書けなかったが、近づいてきてマイロのとなりにしゃがみこみ、草原を吹き抜ける風のような声で、もっとも輝かしい思い出をささやいた。

　マイロは必死に書きなぐった。航海日誌がだめになることも、足りない時間をむだにしていることも、まちがったことばかりしているのもわかっていた。けれども、乗客たちは自分たちの心の物語を手わたしてくれているのだ。それをさえぎるなんて、できなかった。

　こんなこと、わしだったら許さなかった。背後の声が、あいかわらず厳しい調子でいった。

「わかってる」マイロは答えた。時間がかかりすぎたら月が沈んで、もしかしたら、生きる者の地にもどれなくなるかもしれない。「ぼくがこういうのうまくできないって、父さんはいつもわかってたよね」

想像力が強すぎるのだ。父は容赦なくいった。おまえはほかの人がどう感じるかを想像する。だから危険なんだ。

「わかってる」マイロは落ちついたふりをしてもう一度いった。「だからぼくは弱いんだ」

　ちがう。驚くほど強い口調だった。やさしさは弱さではない。このやさしくない世の中でやさしくすることは、甲冑や剣なしに戦場を歩くようなものだ。やさしくあるためには、勇気と強さがいる。

　おまえはいつも用心が足りない。死者といるときにそれでは、命とりになるのではないかと心配だった。だから、おまえとは船に乗らないようにしていたのだよ。

　わしは一度も死者と話をしたことがないし、伝えることがないかたずねたこともない。そんなこと思いもしなかった。だが……おまえはそうした。

　マイロは父の声ににじむ静かな誇りを感じた。

〈運命の女神〉号で反抗した船乗りたちは、剣をつきつけられて、むりやり骨のアーチのてっぺんまでのぼらされた。そこで板を打ちつけて、アーチの欠けたところをつなぐがたがたの橋をつくった。

そして魔術師の命令をうけて、船乗りたちは身を震わせながらにわかづくりの橋に列をつくり、となりの人と手を握りあった。手の骨、腕の骨、肩甲骨、鎖骨が鎖になって、アーチの切れ目をつないでいる。生きている者の骨だが、骨にかわりはない。

「そこでじっとしていろ！」藍の魔術師が上にむかって呼びかけた。「わたしたちがもどってこなかったら、おまえたちも帰れないのだからな」

　船乗りたちはぐらつく板の上で、カモメに脚をつつかれながら、冷えきって恐ろしい思いをして立っていた。そうして、〈運命の女神〉号がアーチをくぐり抜けて消えていくのを見送った。

　マイロが目から涙をぬぐっていると、静かな海の上空で空気がちらちらと揺れた。ゆがんだ蹄鉄のように、おぼろげなアーチがあらわれた。同時に、〈運命の女神〉号がはっきりとした姿を見せたので、マイロはぎょっとした。

　一瞬、恐ろしくなって凍りついた。そんなつもりはなかったのに、領主と家来を〈壊れた塔の島〉に連れてきてしまったのだ。マイロは追いつめられていた。

　それでも、できることがひとつだけある。領主や魔術師にじゃまされる前に、死者をぶじに旅立たせてやることだ。

マイロはあたふたと渡り板をたどって〈夕べの雌馬〉号にもどると、船倉の入口のかんぬきをはずした。戸を引きあけて、荷物を引っぱりだしたとたん、まだら模様(もよう)のものが飛びだしてきた。はばたく翼(つばさ)がマイロの顔にあたった。

　マイロはよろよろとうしろにさがった。まだら模様の半分の鳥は〈運命の女神〉号を目ざして飛んでいく。恐ろしいことに、それは見慣れた青い靴をぶらさげていた。細い靴ひもを、はばたく翼にひっかけて。

　ガブリエルが悲鳴をあげた。まるで魂(たましい)をふたつに引き裂かれたかのような声だった。

藍(あい)の終わり、白の永遠

　マイロの耳にガブリエルの叫びが鳴り響く。息をつぐ必要がないので、いつまでもいつまでもつづいた。

　近づいてくる船に立っているマーランクの領主は、やせてやつれて見えた。右手には刺繍(ししゅう)の入った白の長衣姿のつるりとした顔の男が、左手には藍の衣(ころも)のとげとげしい顔つきの男が立っている。

　藍ずくめの男はタカ狩り用の手袋をはめていて、両肩に二羽の頭のない鳥がとまっている。それぞれ茶色と灰色の鳥だ。まだらの鳥はこの男を目ざして飛んでいったが、羽をはばたかせるたびに弱っていき、やがて男の前で甲板(かんぱん)にころげ落ちて動かなくなった。藍の男はかがみこんで、青い靴(くつ)の片方を拾いあげると、領主に手わたした。

「それを返すんだ」マイロは叫んだ。「あなたがガブリエルを傷つけているんです。聞こえませんか？」

「なにをいうか！」領主が大声でいいかえす。「あの子が苦しんでいるとしたら、おまえのせいだ！　おまえがあの子をむりやりここに連れてきたんだぞ、あの子の生活からも家族からも引きはなして。だが、いまからわたしが連れて帰る！」領主は青い靴を得意げに振ってみせた。

「左右の靴がなければ、お嬢さんはどこにも行けませんよ！」マイロは叫びかえした。領主がすぐさま乗組員に船を出すように命じるのではないかと心配だった。「靴を分けていたら、ガブリエルを苦しめるだけです」

〈運命の女神〉号は桟橋にそってとまった。板張りの道をはさんで、〈夕べの雌馬〉号のむかい側だ。ドスンという音とともに渡り板がおろされた。

「あの子をつかまえろ！」領主はいった。「娘の靴のもう片方を見つけてもってこい」

　マイロは背負い袋を手に、〈夕べの雌馬〉号から桟橋に飛びおり、浜辺にむかって走った。桟橋の木板がとぎれて銀の砂にかわる、ぎりぎりのところで足をとめる。振りかえると、武器をたずさえた男たちが渡り板をおりてくるところだった。先頭の男は剣を抜いている。

　マイロは、アーチのところで見た幻の船を思いだした。死んだ自分のひとりは、剣で刺されていた。マイロは背負い袋からガブリエルの靴を引っぱりだして、頭上にかかげた。

「近づくな！　でないと……」脅し文句をどうしめくくったらいいかわからなくて、いいよどむ。どちらにしても、はったりなのだ。本気でこの靴を壊したり、海に投げこんだりするつもりはない。武器をもった男たちは領主のほうを見て、ためらっている。

「ずっとそこに立っているわけにはいかないだろう」領主がいった。「月が沈む。われわれはともに立ち往生だ。おまえの兄は、縛られたまま閉じこめられた場所で飢え死にするだろう」

　マイロは唇をかんだ。決意がにぶってくる。もしかしたら、レイフの命がほんとうに危ないのかもしれない。それに、ガブリエルが苦しんでいるというのに、いつまでにらみあいをつづけられるだろう？　ぼくがばかだったのかもしれない。もし魔術師がほんとうにガブリエルを生きかえらせることができるのだとしたら？　ぼくは彼女から奇跡の瞬間を奪っているのかもしれない。幽霊をひとり逃がしたって、かまわないのではないか？

「どうしよう？」マイロは情けない思いでつぶやいた。「本物の渡し守ならどうするんだろう？」

　息子よ、渡し守はおまえとおなじことをするだろう。うしろで父がいった。いまはおまえが渡し守なのだから。

　あまりにもおだやかに確信をもって語られたその言葉を聞いて、マイロは思いがけず自信があふれてくるのを感じた。ぼくはもう、どうするべきかわかっているんじゃないか。

90

「領主さま！」マイロは声をはりあげた。「これは、お嬢さんが決めるべきです！ ぼくやあなたではなく、彼女が決めるんです」

「どうするのだ？」領主はいぶかしそうにたずねた。

「あなたとぼくは桟橋に立ち……同時に靴を砂浜に投げます。あの岩の近くに。靴を両方とも手にしたら、どこに行くかはお嬢さんが自分で選べます」

　領主はわずかなあいだためらっていたが、渡り板をおりてきた。両手でたいせつそうに青い靴の片方を抱えている。領主は、遠くから見たときよりも年老いて見えた。顔には、いらだたしげな深いしわが刻まれている。

　マイロは、ふたりの魔術師が〈運命の女神〉号から見物しているのに気がついた。まるで、劇場の桟敷にでもいるみたいな、落ちつきはらったようすだ。

「あなたの魔術師はお嬢さんになにをするんです？」マイロはたずねた。「お嬢さんはあの鳥たちのように『生きる』のですか？　頭はのこるんですか？」

「当然だ！」領主の目がきらめいた。「最高級の石膏で頭をつくらせ、当代随一の画家に顔を描かせる。見本になる肖像画はいくらでもあるから、娘の美しい笑顔を写しとることができるだろう」

91

「どうやって話すんです？」マイロは思わずきいた。「考えることはできるんですか？　いわれたことをするだけですか？」

「あの子は、いつでもおとなしかった」領主はとまどったようにいった。「いつでもおぎょうぎのいい、いい子だった。なにか問題があるのかね？　とにかく、生きられるのだぞ！」

　マイロは胃がのたくるようだったが、決められた砂の上に青い靴を放った。船からかぎ竿が届かないくらい離れたところに。領主もおなじようにすると、娘の気配が見えるのをいまかいまかと待ちうけた。

　ガブリエルの悲鳴がやんだ。一拍おいてから、青い靴が両方ともはねて、砂をこすりながら動きだした。突風が吹きつけてきて砂嵐になり、おさまったときには靴が消えていた。

　それから、一組の足跡が領主のほうにむかうのを見て、マイロの心は沈んだ。

　ガブリエルは、自分の靴で砂を踏みつけた。自分が選べることを知っているのだ。

　ガブリエルは、父の前で足をとめた。短い人生で、あこがれていた人だった。父は娘のためにどんなことでも、死から奪いかえそうとでもするだろう。娘は家に帰る……帰るのは、べつのなにかかもしれないが。それは、父の居間にお人形のようにすわって、なにもいわず、絵に描かれたほほえみを永遠に浮かべつづける。

92

父はあちこちに目を走らせている。娘が見えていないのだ、とガブリエルは気がついた。もしかしたら、いままでもずっとそうだったのかもしれない。

　ガブリエルは影のような手をのばし、父の顔のすぐ前でとめた。

　さようなら。父には聞こえないとわかっていながら告げた。それから、きびすを返し、塔にむかって走った。

　一歩進むごとに軽くなるようだ。死をもたらした病による不快感が消え、一歩また一歩と、足どりが軽く大きくなっていく。いまは若返っている、十三歳、十二歳、十一歳。失望やさびしさも消え去った。後悔も消えた。

　目の前に迫ってきた塔は、もう壊れたようにも、恐ろしげにも見えなかった。これは終わりではないんだ。ガブリエルは気がついた。これからは探検できるんだ。ガブリエルはわくわくして、小さな子どものように声をあげて笑いながら、走って扉をくぐり抜けた。

「ガブリエル！」足跡がいきおいよく塔に飛びこんでいったのを見て、領主は声をはりあげた。そうして急ぎ足で桟橋を駆けだした。

「砂浜はだめだ！」マイロが警告したが、やけになった領主は、聞く耳をもたなかった。

　マーランクの領主は砂浜に飛びおりて、娘のあとを追いはじめた。少なくとも、領主の核の部分はそうだった。本人はもはや、自身の体を離れてしまったことに気づいてさえいない。体は、足が砂に触れるやいなや、地面にどさりと倒れこんでいた。

　ガブリエルの姿がふたたび見えた。塔の上階のむきだしの階段を駆けあがっている。日の光でできた子どもの影のような姿で、一心にすいすいあがっていく。塔のいちばん上まで来て段がなくなっても、ガブリエルは走りつづけ、ぐるぐるとまわりながら空中へとのぼっていった。

　そのすぐうしろを、熱を帯びた影が追っていく。どちらもどんどんおぼろになって、やがて視界から消えた。

「残念だ」白の魔術師がいった。悲しんでいる気配はない。

　ふたりの魔術師はそろって船をおりた。藍の魔術師は熱心に〈夕べの雌馬〉号を見つめ、白の魔術師は銀の砂を見ながら、帯につけた砂時計に触れている。

「この島について知っていることをすべて話せ」藍の魔術師はざらついた声でいった。「そうすれば、この者たちがおまえを砂浜に放りなげることはないだろう」

95

マイロは領主の家来を見た。まだ呆然と、主の遺体を見つめている。

「あなたたちは、このよく知らぬ連中に雇われているわけじゃない！」マイロは家来たちにいった。「こいつらのいうとおりにはするな！」

「この者たちに選択肢はない」白の魔術師がいう。「われわれがいなければ、島にもどれる望みはないのだからな」

「いや、みんなを島に連れて帰れるのはぼくだけだ」マイロはいいはなった。そうでありますようにと願いながら。

「この船をもつ者なら、だれでも通ることができる」藍の魔術師がかん高い声をあげた。「そして、もはやこの船はおまえのものではない。われわれのものだ」

「こいつらにわたすんじゃない！」領主の家来たちにとらえられ、背負い袋を奪われて、マイロは必死にうったえた。「みんな、ぼくのことは知っているだろう！　うちの家族はずっと、死者をここまでぶじに運んできたんだ！」

「これは、その道に通じた者が担うべき仕事だ」白の魔術師が言葉たくみにいう。「子どもにまかせるべきではない」

97

「だけど、あんたらだってその道に通じてるわけじゃない!」マイロはいいかえした。「船をもってるだけじゃだめなんだ! どうするかわかっていないと、もどれなくなるぞ!」

　武器をもった男たちは、不安そうに顔をしかめて、たがいに目を見かわしている。

「待て!」兵を率いていた男が、ふたりの魔術師にむきなおった。「この子が航路を知っているのはわかっている。だが、あんたたちは、この子のあとをついてきただけじゃないか。この場所や帰りの航路についてよく知っているというのなら、証明してみせてくれ!」

　藍と白の魔術師は空気が変わるのを感じたものの、理由はわからなかった。ここまでの道中、人々は迷信を恐れるあまり、なんでもいうことをきいていた。領主が死んだいまは、さらに恐怖をつのらせ、一も二もなく自分たちにしたがうだろうと思っていた。ところが、当然いいなりになるものと思っていた人々のあいだに、不穏な空気が流れている。

　魔術師たちは知るよしもなかった。船上の人々は、脳内に想いのように流れこんでくるささやきを、聞くともなく耳にしていたのだ。兵を率いていた男は、ほんの一か月前にやさしい祖母を亡くしたばかりで、そのときに祖母の木靴を自分の手で渡し守に届けていた。いま、少年の家族の船を奪おうとするのは悪者だけだ、という祖母の言葉が聞こえるような気がする。ほかの者たちも、

いったん落ちついてよく考えろ、とうながす声を聞きつけて、生前よくいっしょに飲んでいた農夫を思いだしていた。〈運命の女神〉号のだれもが、がさがさと不安そうにささやく、どことなく聞き覚えのある声を耳にしていた。マーランクは小さな島で、だれもがおたがいをよく知っている。死んだ者たちのことも。

「問題ない」藍の魔術師は白の魔術師にいった。「この場所をよくわかる者がいるとすれば、それはわれわれだ。急げ、まだ月が出ている」

　白の魔術師は〈夕べの雌馬〉号の航海日誌を見つけたが、それを見ても航路についてはわからなかった。日誌は、わけのわからない奇妙ななぐり書きや、まじないのような言葉であふれていた。詩もあれば、のらネコのエサのやりかたの説明もある。魔術師は空を調べたが、なにかを読みとれるような星は見あたらなかった。

「いずれわかるようになる」そういって、真鍮のひしゃくで浜べの銀の砂をすくい、自分の砂時計に入れて調べてみた。砂粒はふつうの砂のように一定のリズムでは落ちず、かすかに光りながら一度にあがったりさがったりするので、いっこうに上半分が空にならない。

「すばらしい！」魔術師はこの砂が時を超えているのだとみて、すぐにどうすれば利用できるかを考えはじめた。このめずらしい特性をいかして、自分自身が時を超えて永遠の存在になれる道を見つけよう。死に打ちかって、変わることなく生きつづけよう。

99

白の魔術師は片眼鏡を引っぱりだして目にあて、もっとよく砂時計を観察しようとした。砂の流れを見ているうちにうっとりとして、自分の手のなかに永遠があるのを感じた。

「見えるぞ！」押し殺したような感嘆の声。「見える……」

　ゆがんで曲がった砂時計のむこうに、五人の人影(ひとかげ)が砂浜をわたって近づいてくるのが見えた。魔術師は躍る砂に目を奪われていて、それが何者なのか考えもしなかった。すぐそばまで来て、顔をのぞきこまれたとたん、目の前の顔の細部までが見てとれた。険しい、死者のまなざしと目が合った。

　死者を見るのにはこつがいるが、なにより重要なのは、はっきりと見てはならないということだ。

　藍の魔術師が振りかえると、たったひとりの味方が砂時計越しに砂浜を見つめたまま、彫像のようにかたまっていた。

「なんだ？」藍の魔術師は問いかけた。「なにを見た？」

　白は答えない。肌は白墨(はくぼく)のようだ。もはやまばたきもしなければ、息もしていない。砂とおなじ銀色の目で、砂浜の先、壊れた塔のほうを見つめている。

藍の魔術師は、はじめてぼんやりと恐怖を覚えた。

「なにを見たんだ、おいっ？」しつこくたずねながら、白の魔術師を蹴ると、自分の足が痛くなった。

　藍の魔術師は、自分がひとりきりになったことをさとった。一瞬、島を逃げだそうかと考えた。だが、渡し守の船と乗組員の協力がなければ逃げられないし、そのためには、自分が謎を解明できることを証明するしかない。この島を理解しなければならないが、白の魔術師のように自分自身で調べることはすまい。

「あの塔に飛べ」藍の魔術師は、肩にとまっている頭のない鳥に命じた。「見られるものをすべて見てから、もどってこい」

　茶色と灰色の鳥は島の内陸にむかって飛びたち、首につけた石板のしるしを通して周囲を観察した。塔に近づくにつれ、時がはがれ落ちはじめた。藍をまとった男に仕えた歳月が思いだされる。この身を切り裂かれた瞬間のこと、魂の残骸が羽と土でできた入れ物に閉じこめられたときのことがよみがえる。それからようやく、もっと前の本物の鳥だったとき、空の自由を楽しんでいたころを思いだした。

　命令どおり、茶色と灰色の鳥は藍の魔術師のもとにもどった。ところが、主のそばに来ても、その肩にはとまらなかった。二体はいっしょになって舞いおりると、サルの手をこぶしに握って、主の顔と喉になぐりかかった。

101

この光景をまのあたりにした者たちは恐れおののいた。たとえ藍の魔術師を救いたいと思ったとしても、あまりにも一瞬のことで、身動きひとつとれなかった。

　その後、マイロがのこりの靴を砂の上におくのをとめる者はいなかった。

　年老いた女の木靴は、重い足どりだったのが、さっそうと歩きはじめ、やがて幼い子どものようにスキップをはじめた。みすぼらしい身なりの影はドングリの実をすくいあげ、はだしで走り去った。黒い靴は用心深く進んでいたが、そのうちにいきおいよく塔にむかっていった。農夫の長靴はふざけたようすもためらいも見せず、一定の足どりで歩を進めた。

　最後に、年老いた渡し守が自分の人生そのものだった船に背をむけて、砂浜をよろよろと歩きだした。その足どりはしだいにきびきびとしだして、曲がっていた腰ものび、髪から白いものが消えはじめた。厳しさやいかめしさも消え、かわりに若さあふれる活力がみなぎってきた。マイロとおなじ年ごろの少年が、塔の戸口で足をとめて手を振り、なかへと姿を消した。

少しすると、光り輝くような子どもの影があらわれ、むきだし
の階段を駆けあがった。マイロが知っている父とは見た目がちが
っていたが、それでも父だとわかる。ふたたび出会ったら、すぐ
さまおたがいに気づくだろう、とマイロは思った。

緑の草地

　マイロは領主の奥方に、〈壊(こわ)れた塔の島〉で起きたことをあらいざらい語った。奥方は聞きいって涙を流したが、マイロをとがめはしなかった。マイロがガブリエルの詩をわたすと、抱きしめてくれた。ふたりで何時間も語りあって泣いたので、終わったとき、マイロは自分の内面をすべてすくいだされたかのように疲れきっていた。

マイロは昼日中まで眠り、目が覚めたときには、どうしたらいいかわからなくなっていた。

　いたるところに父の名残が見える。椅子、お椀、父が直すつもりだった屋根。だれかを失ったことでなによりつらいのは、自分自身が大変な一日を乗りきったところで、あくる朝になってもなつかしい人がいないままだということだ。そして、その人たちがいない新たな一日を、またやりすごさなければならない。

「そんなふうでは、おまえがまいってしまうよ」出かける支度をしているマイロに、レイフが声をかけた。レイフは縛られてさるぐつわをされて砂浜で夜を過ごしたわりには弱っていなかったが、あざは青緑色になり、脱水のせいでいまだに声がかれている。

「わかってる」マイロはいったが、けっきょく出かけた。のこりの伝言を届けなければならないのだ。

　死んだ農夫の家族は、航海日誌に記された手短だがやさしい助言を読んで、目をうるませ声をあげて笑った。

「あの人らしいねえ」農夫の妻はそういって、マイロに昼ごはんを出してくれた。マイロは、思っていた以上に死んだ男とその家族について知ることになり、とても重くて貴重なものを授けられたと感じた。

　木靴のご婦人ののらネコにエサをやってくれる人が見つからなかったので、けっきょくマイロはあきらめて、自分でやることにした。傷だらけでみすぼらしく、狂暴なネコばかりだったが、マイロが石ではなく食べ物を投げてくれるとわかるや、あからさまに歯をむいて警戒することはなくなった。

　黒い靴の男に打ちあけられた盗みについて報告すると、役人は顔をしかめ、記録を調べてみようと約束した。マイロは乾燥した古くさいにおいのする事務所をながめた。黒い靴の男は、来る日も来る日もここで働き、ひそかに金を使いこんでいたのだ。

　マイロが、ドングリの男が晩年を過ごした小屋を見つめていると、子どもが何人か近づいてきた。「おじさんが死んじゃったってほんとう？」子どもたちがきいた。「ぼくたちがリンゴをもってくると、ほかの島で冒険した話を聞かせてくれたんだよ。だけど、もう何週間もいないんだ」

「また旅に出てるんだよ」マイロはいった。「だけど、リンゴをひとつくれたら、ぼくがおじさんのかわりに話をしてあげるよ」航海日誌に記されたぼろをまとった男の話を聞かせると、子どもたちは夢中になって耳を傾けた。

レイフはその後の数日間、渡し守のための墓をほり、家をそうじし、たきぎを切って、料理をした。しんぼう強く、マイロをはげましてくれた。

「おまえがみんなのめんどうを見るつもりなら、ぼくが手助けしたほうがいいだろう」レイフはいった。「つぎに〈雌馬(めうま)〉号を出すときには、ぜったいにいっしょに行くからな」

　マイロはいまだに、自分が渡し守の仕事を引き継ぐという考えをのみこめずにいた。ところがレイフは、驚くほどすんなりと受けいれている。もともと、心から渡し守になりたかったわけではなかったのだ。軍馬が戦いを求めているのではないのとおなじだった。馬はすべてを理解する必要はなく、呼ばれたところに行き、果敢(かかん)にやるべきことをする。そして信じるべき人を知っている。

霧のない、晴れたさわやかな日に、マイロは崖ぞいを散歩した。

いまもまだ、夢や記憶のなかでは、あの船旅が灰色や黒や白の映像となってあざやかにあらわれる。そのおかげでこの島の色彩がいっそう明るく、くっきりと見えるようだった。自分の足が青い青い草の銀色の朝露をはらっていくのが見えるし、通りすぎたあと、踏みつけられた草の葉がふたたび立ちあがる音が聞こえる。

木の茂みで鳥が挑むようにうたっている。しっかりと頭がついている鳥で、羽に包まれた小さな心も鳥たちのものだ。集まって遠くへと旅立つ鳥もいれば、羽毛を厚くして冬を越すものもいる。生垣では木の実が燃えるように赤く色づいている。マイロは一歩進むごとに、命を見て、命のにおいをかぎ、命を吸いこんだ。命に酔っているような心地だった。

寒さをものともせずに、マイロは崖の上の草地に横たわり、カモメやグンカンドリが風に乗るのをながめた。胸のなかがあたたかい。ほかの者たちの命が、寄りあつまって押しあっているようだった。冷たい風もそう悪くはない。頬にあたる冷たさが、生きていることを意識させてくれる。

本物の渡し守ならどうするんだろう？

渡し守はおまえとおなじことをするだろう。

ということは、本物の渡し守は、マイロの父のように厳しく自制したり、言葉や行いをおさえたりしなくてもいいのだ。もっと親しみやすい感じでいいのかもしれない。危ないことをしても考えすぎても、人のことを気にしすぎてもいい。家のなかがのらネコでいっぱいになるかもしれないし、死んだ人の家族から、靴だけでなく、悲しみや疑問をあずけられるようになるかもしれない。長い年月をかけて、頭のなかをほかの人の想いや記憶でいっぱいにしていこう。花であふれかえるかごのように。

　そしていつの日か、自分の船の乗客となって〈壊れた塔の島〉にわたっていこう。うんと年をとり、頭巾をかぶって、思い出にほほえみながら。

ISLAND OF WHISPERS

First published 2023 by Two Hoots imprint of Pan Macmillan
Text copyright © Frances Hardinge 2023
Illustrations copyright © Emily Gravett 2023

This book is published in Japan
by TOKYO SOGENSHA Co., Ltd.
Japanese translation published by arrangement with
Macmillan Publishers International Ltd.
through The English Agency (Japan) Ltd.

ささやきの島

著　者
フランシス・ハーディング

装画／本文挿絵
エミリー・グラヴェット

訳　者
児玉敦子

2024 年 12 月 20 日　初版

発行者　渋谷健太郎
発行所　(株)東京創元社
　　　　〒162-0814　東京都新宿区新小川町1-5
　　　　電話 03-3268-8231 (代)
　　　　URL https://www.tsogen.co.jp

装　幀　東京創元社装幀室
印　刷　精興社
製　本　加藤製本

乱丁・落丁本は、ご面倒ですが小社までご送付ください。送料小社負担にてお取替えいたします。
Printed in Japan ©ATSUKO Kodama 2024 ISBN978-4-488-01142-0 C0097